오래된 잠

이민화

경남 남해에서 태어나 2009년 한라일보 신춘문예로 등단했다.
제주작가회의 회원, 라음문학회 동인으로 활동하고 있다.
halujongil@hanmail.net

황금알 시인선 153

오래된 잠

초판발행일 | 2017년 9월 30일

지은이 | 이민화
펴낸곳 | 도서출판 황금알
펴낸이 | 金永馥
선정위원 | 김영승 · 마종기 · 유안진 · 이수익
주간 | 김영탁
편집실장 | 조경숙
표지디자인 | 칼라박스
주소 | 03088 서울시 종로구 이화장2길 29-3, 104호(동숭동)
물류센타(직송 · 반품) | 100-272 서울시 중구 필동2가 124-6 1F
전화 | 02)2275-9171
팩스 | 02)2275-9172
이메일 | tibet21@hanmail.net
홈페이지 | http://goldegg21.com
출판등록 | 2003년 03월 26일(제300-2003-230호)
ⓒ2017 이민화 & Gold Egg Publishing Company Printed in Korea
값은 뒤표지에 있습니다.
ISBN 979-11-86547-70-0-03810

오래된 잠

이민화 시집

황금알

내게 세상은 봄이었고, 온통 분홍빛이었다.

분홍빛은 오래가지 않았다.

잃고 채우기를 반복하며 여기까지 왔다.

다시 분홍이기를.

2017년 8월

이민화

차 례

1부 잠속을 걸어 나오는 말들

2부 어둠을 밀치면 사랑이 보인다

3부 억지스런 욕심, 그 말간 정신

1부

잠속을 걸어 나오는 말들

푸른 상처

검은 봉지 속에는 검은 해가 뜨나 보다
시퍼런 독은 온몸으로 퍼지고
터져 나온 핏줄이 허공에 매달린 채
꽃을 피우지 못한다
탱탱했던 모습은 쭈글쭈글 주름이 잡히고
몸속까지 파고든 시퍼런 멍
이제 어쩌지 못한다
나는 검은 봉지 속 세상을 알지 못한다
아니 알면서도 그냥 내버려 두었다
하지만 그 속에서 나는 초록의 독이 오르고
다시 초록의 싹이 돋고
꿈을 꿀 것이다

그녀가 가져다준 감자
검은 봉지에 담아온 그대로
베란다에 툭 던져 놓고

소묘

아침 안개가 앞을 막아서는 산책길
잔디밭에 웅크리고 누운 사내의 잠에서
고단한 냄새가 난다.
양파껍질처럼 벗어놓은 구멍 난 양말
세상 향해 눈을 흘기고,
안개를 끌어다 잠 위에 덮는다.
그의 한쪽 신발이 보이지 않는다.

참 태연하다. 그에게서 더 이상 시간의 팽팽함이란 볼
수 없는 늘어진 고무줄. 조롱하듯 그의 잠 위로 달팽이
한 마리 기어간다. 실밥 터진 바짓단 아래로 동전 몇 닢
떨어져 뒹굴고, 자꾸만 헛손질을 한다. 노랑물 들기 시
작한 은행잎에 걸터앉아 잠이 든 안개의 어깨를 흔들어
깨우는 건들바람, 그가 몸을 깊게 웅크린다. 얼마나 많
은 날들이 쓰러지고 일어섰을까. 이제 누가, 무엇이, 그
날을 다시 일으켜 세울까. 그 쓸쓸한 등허리에 내려앉는
가을 햇볕 한 줌.

벤치에 끈 풀린 신발 한 짝, 기다림이 깊다.

없는 계절

담벼락에 기대어 가웃가웃 졸고 있는 햇살. 그녀가 캔버스에 하얗게 피워놓은 목련꽃, 봄.

목련꽃 한 송이가 다 피는 걸 보고서야 벤치에서 일어난다.

돌아보지 않는다.
그녀의 손이 어깨를 지그시 누르지만
돌아보지 않는다.
그녀의 목소리가 목덜미에 앉지만

압력밥솥에 밥이 까맣게 탔다. 식구들의 저녁을 다 태우고도 나는 태연하고, 제 몸을 까맣게 태운 저 밥알도 시치미 뚝 떼고 있다. 이제 목련은 다시 피지 않을 것이다.

돌아볼 수가 없다.
그녀의 발걸음 소리가 세상에 없는 내 계절에서 큼직큼직 멀어지고 있다.

배고픈 식사

콩가루 풀어 넣은 얼갈이 배춧국
단골손님에게만 내놓는다며, 주인은
걸쭉한 입담만큼이나 사발 가득 국을 퍼준다
사발 속에 몽글몽글 맺혀있는 꽃망울
백일 된 내 아기가 게워놓은 흰 젖을 닮아
선뜻 수저를 들 수가 없다
젖꼭지가 헐도록 젖을 빨던 아기는
한동안 똥 싸는 걸 잊은 채
그 작은 입으로 먹은 것을 죄다 토해냈다
아무것도 해줄 수 없어 미안한
어린 어미를 위로하듯
젖가슴만 파고들던 나약한 봄날이었다
겨울을 견딘 얼갈이배추의 진한 풋내
내 아기의 푸른똥 냄새가 난다
애써 외면하던 시간을 열고
비쩍 말랐던 젖이 핑그르르 돈다

내 아기가 게워놓은 한 무더기의 봄
수저를 들 수가 없다

음지가 음지를 키운다

노란 봄볕 한 줌 마루 끝에 걸터앉아
방에 누운 나를 들여다본다
축축한 잠속으로 가라앉는 의식
병명도 모른 채 계속되는 아픔
처방전 없이 받아온 알약은
식은 보리 밥알처럼 방바닥에 뒹군다
죽을힘을 다해 잠에서 빠져나와
알약 한 움큼 쥐고 뒤란으로 간다
뒷집 감나무 그늘에 가려
자신의 그림자 만들지 못한 유자나무
음지에서도 포기할 수 없었던 생명
그 안간힘으로 피워낸 유자꽃
하얗게 탄성을 지른다
알약을 던져주고
돌아서는 입가에 퍼지는 노란 행복
바람이 등을 토닥인다

여자, 안녕

입춘 지나자
폭죽 터지듯 벚꽃 피더니
꽃 진자리 온통 초록물 드는데
열다섯에 열렸던 내 몸이 닫히네

나를 여자이게 했고
나를 여자로 살게 해준 꽃
비린내를 풍기며 달마다 붉게 붉게 피우던 꽃

화장실 수납장에 쓰다만 개짐
몇 달째 꽃을 기다리네
혹여 허공에 대고 펑펑 꽃을 피울까 봐
기별 없이 오는 반가운 손님처럼 느닷없이 올까 봐
버리지도 못하네

이제 여자, 안녕

들키다

넌 내가 활엽이 될 수 없다는 것을 알고 있었던 것일까
삼나무 숲에 들어서고야
숲은 온통 어둠이라는 걸 알았다
열일곱 살의 너를 객지에 두고 돌아가는 길
아쉬운 심사心思 끝에 매달려
너는 웃고 있다
오류였다
지금까지 내가 침엽인 줄 모르고 살았으니
둥근 유전자를 가지지 못한 탓에
온전히 한 번 안아주지 못한다
내 욕심은 사계절 내내 푸른빛
하루도 꿈을 꾸지 않은 날이 없다
허공 속으로 손을 쑥 찔러 넣으면
오래 참았던 눈물을 왈칵 쏟아낼 듯
손톱 끝의 시간은 고집스럽게 뾰족하다
내가 꾸던 꿈을 너도 꾸기를 간절히 바랐지만
무심하게도 단 한 번 흔들리지 않던 너
이제 와 생각하니
너를 잘 키운 것은 내가 아니라

네가 나를 어른으로 잘 키워놓았다는 걸 깨닫는다
힘센 저 햇살이 숲을 뚫고 들어와 뜨겁게 나를 훑는다
아니, 내가 읽힌다

순환

깡마른 팽나무에 올라앉은 집 한 채
텅 비어 있었네
새털구름 무심히 흘러가는 날에도
매운바람 캄캄하게 건너가는 날에도
집은 텅 비어 있었네
몇 날 며칠 눈보라 치고
예고 없던 천둥 번개 쾅쾅거려도
여전히 집은 텅 비어 있었네
바람의 속도가 순해지고
깡마른 나무가 간지럼을 타기 시작했네
살이 갈라진 틈으로 작은 것들이 꼬물꼬물 올라왔네
나뭇가지마다 수런거림이 짙어지더니
집을 삼켜버렸네

가려움이 내 몸으로 번져 봄을 앓다가
덜컥 집의 안부가 궁금했네
팽나무의 몸은 부풀 대로 부풀어 비대했네
텅 비었던 집에서 와글와글
만져지지 않는 소리가 나뭇가지에 올라앉아 있었네

봄날 팽나무의 오후가
어린 것들의 소리로 팽팽하네

우물 속엔 금붕어가 산다

돌아가고 싶지 않지만 한 번은 돌아가야 해
눈을 뜨고 있어도 자주 휘청거려
우물에 빠질 뻔한 꿈을 꾸었어
매일 반복되는 꿈이 진절머리가 나

우물에는 해도 달도 뜨지 않았다 둥근 우물 안 중간쯤
에는 촘촘히 쌓은 돌담 사이에서 개고사리가 사시사철
푸르게 자랐다 어둠을 흔들며 한참을 내려가야 두레박
이 닿는 물의 표면이 전해졌다 어떤 날은 우물 안으로
두레박을 던져버리곤 했다 하지만 어둠을 삼킨 물은 한
방울도 튀어 오르지 않았다 그럴수록 우물 안이 더욱 궁
금했다

네가 사는 어항은 투명해서 재미가 없어
비밀 없이 산다는 건 슬픈 일이야
그곳에서 탈출하고 싶지 않니
그네를 태워줄게
어둠은 금방 익숙해지지

비밀을 은폐하기에는 새벽이 딱이야 우물 안에서 모락모락 김이 올라오고 있지만 그것에 신경 따위를 쓸 필요는 없어 슬픔은 잠깐이야 두레박에 올라앉아 잠시만 눈을 감고 있어 열까지 세고 나면 너는 자유를 얻게 될 거야 조금 흔들리더라도 참아야 해 어둠의 깊이를 알고 나면 몸이 뚱뚱해질 거야

나는 한 번도 우물물을 길어 올린 적이 없어

사춘기

누군가 자꾸만 나를 깨워. 나를 불러내. 반쯤 열어둔 창문으로 뛰어내렸어. 초경만큼이나 비릿하고 끈적끈적한, 징징거리는 어머니의 잔소리. 헛바람만 뱃속에 가득 채워 끅끅대는 불온한 열여덟. 불 꺼진 어머니의 방문을 잠가 버리고 미친 듯이 웃었어.

밤새 눈이 내렸어. 사라진 길 위에 추위보다 더 무서운 내 그림자만 서 있었어. 담장 위의 고양이가 내 꿈을 먹어 치웠어. 짐승 같은 무거운 그림자를 끌고 마당에 들어섰어. 앵두보다 더 예쁜 어머니의 입술 사이로 빨간 욕설이 쏟아졌어. 나는 귀를 닫아 버렸어.

거부할 수 없는 독한 바람이 나를 불러내곤 해.

시시한 기도

나이 들면서 무릎 꿇는 날이 많아지네

질끈 눈 감아 버리면 잊힐 줄 알았네 덮을 수 있으리라 생각했던 미련들 용감하지 못했네 내 잠까지 열고 들어오는 말이 시가 되지 못하네 차마 등 돌리지 못하네 험한 길에 내려놓고도 집을 비울 수가 없네 첫눈은 내리고 술 취한 노래가 내 멱살을 움켜잡네 삐죽삐죽 튀어나온 말들은 저들끼리 싸우고 줄 맞춰 서지 못한 문장은 뿌리를 내리지 못하네 손닿지 않는 곳에서 뚱뚱해지는 꿈 편안히 누울 수 없는 잠이 뒤척이네 불 꺼진 가로등에 기대어 꾸벅대는 말들 눅눅한 신발 속에서 잠은 동그랗게 눈을 뜨네 집을 비울 수가 없네 불면이 촉수를 세우네 어둠은 와작와작 시간을 갉아먹고 거리에는 맛있는 캐럴이 깜빡거리네 전봇대를 기어오른 불안이 손을 흔드네 길에 세워둔 말들이 집안을 기웃거리네 누군가 내 잠속을 걸어 나오네 말이었네

고립

안개가 도시를 공격합니다
하얗고 부드러운 아가리로
25시 편의점을 먹고 스타벅스를 마시고
행복 치과 출입문을 막 들어서고 있습니다
단단한 콘크리트 건물이
물 냄새를 풍기며 달려드는 것에게
꼼짝없이 당하고 맙니다
빌딩 속으로 우유 배달을 간 여자가
오래된 일처럼 잊혀졌습니다

한나절이 하얗게 지워졌습니다

기차를 기다리며
— 이별 통지서

볕 잘 드는 소나무 밑에 너를 묻고 돌아가는 길
때늦은 코스모스 드문드문 피어있는
작은 마을 간이역에서 기차를 기다린다

철길 건너편 잎 다 떨군 느티나무에 언제 따라 왔는지
소나무에 앉아 울던 까마귀 여기까지 따라와 운다

너로 인해 내가 빛날 때도 있었지만
그보다 너에게서 받은 상처가 더 찬란하여
너와의 인연을 은폐하고 나는 끝내 침묵할 것이다

이제 다시는 마주치지 말자
점점 길어지는 밤에 함박눈 오래 내리면
멀리서 반짝이는 불빛에도 마음 흔들리겠지만
결코 너를 내 문장으로 편입시키진 않겠다

마지막 가을을 태운 기차가 들어오고
느티나무에 앉은 까마귀 필사적으로 울어댄다

내 그림자만 기차에 올라탄다

chain letters
— 행운의 편지

의식 없는 아버지를 중환자실에 들여보내고 유언을 듣는 듯 오소소 돋는 소름을 견디는데 누군가 내 걱정을 하고 있었나 보다 새벽 댓바람에

한 통의 문자 메시지를 받았다

여덟 명의 좋은 사람에게 알려 반드시 부자가 되라며 보내지 않으면 행운이 사라져 버린다는

술에 취해서 보냈든 여덟 명을 채우기 위해 마지막으로 선택했든 나를 좋은 사람으로 기억해 준다는 게 어딘가

부자 되라는 글귀가 자꾸만 아른거려 누군가 내 몫의 돈다발을 낚아채 갈 것만 같아 혹여 아버지가 잘못됐을 때 몇 푼 안 되는 통장 잔액으로는 뒷감당을 할 수가 없겠어서

어느 대통령처럼 암살당할 염려도 없고
어느 직장인처럼 해고당할 염려도 없지만

어느 사장처럼 복권에 당첨됐으면 좋겠어서

불편한 다리로 노점에서 양말장사를 하는 친구 병희와
삼백만 원을 못 갚아 빨간 딱지가 붙었다며 울던 홍자
언니 그들이 모두 부자가 됐으면 좋겠어서

열릴 줄 모르는 중환자실 유리문에 기대어 행운을 송
금한다

만선

해당화가 잠을 털어내고 있는
바닷가 벤치에 헐렁한 어둠이 앉아 있었다

잔물결 속 어둠을 밀어 올리며
저 거대한 붉은 것이 넌출 거리며
아득한 수평선을 빠져나와
어부가 던져놓은 그물에 걸려 올라온다

오늘 날씨는 대체로 맑음이다

봄 마중

언 땅이 풀리기 시작하면
매일 듣는 마을 이장의 안내방송도 소란스러워
잠잠하던 마음이 소보로빵처럼 부푼다
봄은 추위를 방패 삼아 온다고 했든가
바람이 동글동글해졌나
며칠 사이 목련 나무에 꽃눈이 맺혔다
참새가 종종걸음으로 마당을 가로지른다
겨우내 비워두었던 텃밭에
마른 몸으로 섰던 고춧대 뽑아내고
구덩이 세 개 파서 호박씨를 심는다
흙에서 물비린내 난다

2부

어둠을 밀치면 사랑이 보인다

연애

손 한 번 잡아보지 못한 연애는
동면기를 지나 봄까지 이어졌다
날마다 시린 가슴을 끌어안고
눈을 감아도 잠들지 못하는 밤이 계속되었다
전라선 막차에 오른다
두 줄의 평행선에 내려앉은 어색한 어둠
나란히 앉아 밤을 지난다
나는 감전된 듯 말을 잊고
그는 창밖만 보고 있다
그도 나처럼 젖은 그림자로 돌아와
끓는 이마에 손을 얹고
수없이 많은 밤을 견디었을까
어둠을 토닥이며 그리움을 달래야 했던 시간들
이제 그 시간 속에서 서성거리지 않아도 될 것이다

마지막 기차는 촘촘한 어둠을 가르며
외갓집이 있는 여수를 향해 간다

동백꽃 피던

막차를 놓치고 들어선 방
짭조름한 바다 냄새가 난다
선뜻 다가서지 못하는 어색한 간격
할 말은 모두 바깥에 두고 온 듯
멀찌감치 떨어져 앉아 멀뚱거리는데
간간이 바람 소리 문틈을 기웃거린다
오동도의 밤은 깊어가고
모로 누운 그의 잠이 풀썩거린다
면발처럼 퉁퉁 불어가는 시간
손만 잡고 자자던 맹세도
어둠 속에서 빳빳이 고개를 든다
동박새가 동백꽃을 찾아 날아들 듯
거부할 수 없는 속성을 가진
사랑한다는 야수 같은 속삭임
초경 같은 붉은 소리가 허공을 찢는
나를 자빠뜨린 아득한 봄밤
동백꽃 붉게 핀다

영재네 집

영재네 집에 불이 났다
어릴 적 키를 쓰고 소금 얻으러 오던
영재가 오늘은 제대로 한 건 했나 보다
삽살개를 묶어 놓았던 감나무와
지붕보다 더 높은 집 앞 버드나무에
불이 옮겨붙는다
말뚝박기 놀이에 정신없던 아이들이
일렬로 서서 오줌을 싸던 담장에도
찔끔찔끔 불똥이 튀더니 순식간에 불이 번진다
마흔 넘어 늦장가를 간 그가
제대로 사고를 치나 보다
시월 마지막 날이 낮술에 취한 듯
분간 없이 마구 타오른다
뒷산으로 옮겨붙은 불길은
갈참나무에 앉았던 산비둘기 꽁무니를 따라
단풍나무를 태우고, 다시
저녁 하늘로 옮겨 붉게 탄다

대형사고를 내놓고 영재는 어디에 숨었나
그래도 탄다, 가을

미미미용실

#73

알아서 볶아줘요 우리가 하루 이틀 본 사이는 아니잖
아요 유행 필요 없어요 뽀글거릴수록 좋아요 바람이 못
들어오게 바짝 말아줘요 머리채 잡고 싸울 나이는 지났
어요 엉키는 건 딱 질색이거든요

#55

빵빵하게 말아줘요 기죽고 싶지 않아요 발악이라고 생
각해도 좋아요 아직은 꽃이고 싶어요 귀를 살짝 데이는
통증쯤은 견딜 수 있어요 하지만 성깔이 죽었다고 함부
로 대하지 마세요 아직은 가시가 있으니까요

#34

아줌마티 나지 않게 해줘요 자연스러울수록 좋아요 아
이를 낳은 적이 없어요 꽃이 예뻐 보이지 않아요 그러니
날 의심하지 말아요 거울 속 여자와 매일 인사를 나눠요
목이 늘어진 티셔츠를 입은 여자가 웃지 않아요

#20

　분홍색으로 머리카락을 염색하고 싶어요 날라리라고 생각해도 좋아요 언제까지 마음을 숨기고 살 수는 없잖아요 찢어진 청바지에 까만 머리는 어울리지 않아요 아직 연애는 사양할래요 제멋대로 나를 꽃이라고 부르지 말아요

어색한 화해

아주 가깝게 아주 멀리
어쩌면 일부러 귀를 막아버렸는지도

풀잎에 내린 이슬이 마르기도 전 그녀가 찾아왔다
그믐 같은 낯빛으로 초조한 눈빛으로 흙 묻은 신발을
신고

우리는 제법 오래 서로의 눈만 쳐다봤다
프라이팬에 고등어가 지글거리다 타는 줄도 모르고

향수병 걸린 나에게 말동무가 되어준 그녀
여름날 달빛 같은 비파 열매를 한 소쿠리씩 따다 주던

그녀가 몇 달 부은 곗돈을 들고 홀연히 사라진 후

매 끼니를 근심으로 때웠다
날마다 원망이 손톱처럼 자랐다

들고 있던 사과 봉지를 내 손에 쥐여 주고

돌아선 자리에 남겨진 그녀의 젖은 발자국

나는 아무것도 묻지 않았고
아무 말도 하지 않았다

적당히 가깝게 적당히 멀리
그것이 처음부터 우리의 간격이었는지도

두 사람

파란불이 켜지기를 기다리던 두 사람
팔짱을 낀 채 건널목을 건넌다.
두 사람의 걸음이 절뚝인다.
왼쪽 사람이 절뚝 기울면 오른쪽 사람이 끌어 올리고
오른쪽 사람이 절뚝 기울면 왼쪽 사람이 끌어 올린다.
신호가 바뀌어 주행 등이 들어와도 자동차들은 잠잠
하여
그들의 느린 걸음을 재촉하지 않는다
왕복 8차선 도로가 경적 소리 하나 없이 온순하고
그들의 걸음은 흐트러짐이 없다.
참으로 당당한 걸음이다.

영심이 언니

뭉근한 봄볕이 내리는 오후, 그녀를 만나러 간다. 구불텅한 마을길을 돌아, 선사先史의 유적을 재현해 놓은 미니어처로 가득한 집. 그곳에서 그녀는 문헌에 기록되어 있지 않은 선사시대를 마치 살아본 것처럼 들려준다. 수평선 같은 잔잔한 말씨와 물안개 같은 부드러운 미소를 가진 그녀.

영심이라는 이름과 고향이라는 단어 사이에는 왠지 징검다리가 놓여있을 것 같다. 지치고 힘들 때 언제든 편하게 찾아갈 수 있는 연결고리가 되어 줄 것 같다.

산 그림자가 마당을 덮는 저물녘, 빨갛게 핀 명자꽃 옆에서 지는 해를 빗금으로 받고 선 그녀의 한쪽 뺨이 붉다. 선사유적지에 가면 고향 같은 그녀가 있다.

수신되지 못한

안개비가 내린다
길이 지워지고 있다

그대에게 보낸 편지 한 통
길을 찾지 못한 채 허공에 흩어지고
그대는 내게서 멀어질수록 더 푸르고
멀뚱멀뚱 태연히 늙어가는 시간
지독한 그리움의 언어는
여전히 전송되지 못한 채
밤새
헤매고
아파하고
뒤척이며
외로움을 더듬는다

안개비가 내리고
나는 길을 잃었다

장마

개구리 뽁뽁 울더니 비가 내린다
앞산에서 나무 찍는 소리 들리고
없던 물길 생겨난다
떼로 몰려다니며 우는 물소리가
논담 밭담 경계 허물어
건너 숙이네 수박밭 넝쿨째 떠밀고 간다
이리 쿵 저리 쿵 머리 찧는 수박같이
숙이 엄마 근심이 가슴을 친다
해도 달도 떠내려가고 없는 캄캄한 날
내 뜰에도 종일 비가 내린다

류柳

변두리 막다른 골목
손님을 기다리는 긴 생머리 여자,
태풍에 떠내려온 버드나무처럼
가녀린 몸을 의자에 파묻고 앉았다
밤마다 기어들던 날벌레 같은 사내들과
귀가 먹먹하도록 와글거리던 잡담
등에 얹히던 누군가의 뜨거운 눈길도
이제 발길이 뜸하다
샤방샤방한 여자로 살고 싶었으나
버드나무 가지처럼 축축 늘어지던 가난,
술에 취해야만 잠들 수 있었다
손에 물마를 날 없이 살았지만
볕이 들지 않은 삶은 체납고지서만 날라왔다
세상은 그녀에게 온전히 무정부無政府였다

언제쯤 팍팍한 삶을 젖은 머리 말리듯
탈탈 털고 일어날 수 있을까
몇 잎의 계절은 또 관심 없는 표정으로 지나갈 것이다

능소화 필 때면 생각나는

담장에 흐드러지게 핀 능소화
그녀가 새벽녘에 집을 떠난 날도 저렇게 피어 있었다.
마을에는 뜬소문이 밥물처럼 흘러넘치다
재미없는 표정으로 곧 시들해졌다.

그녀에게 애인이 있었다. 그녀는 간질을 갖고 태어난
걸 말하지 않았다. 사랑이 깊어 갈수록 발병하는 빈도가
잦았고 거품을 물고 쓰러지면 몸은 나무토막처럼 뻣뻣
해졌다. 밥을 푸다가 구역질을 했고 애인은 그녀에게 이
별을 통보했다.

그녀는 돌아오지 않고
능소화의 기다림만 바닥에 흥건하다.
혼자 일어설 수 없는 능소화 줄기처럼
그녀도 기댈 수 있는 사람이 그리웠는지 모를 일이다.
차마 그곳을 지나갈 수가 없다.

푸른 감옥

장맛비에 눅눅해진 시간이 시계의 초침을 잡아끈다

— 아버지, 나는 저 사람이 아니면 안 돼요

아버지와의 언쟁에 머리 싸매고 드러눕는 언어들

멍들고 찢긴 언어가 바닥에 흥건하다

저녁을 먹다가 그의 일방적인 약속이 생각났다

어둠을 밀고 들어선 나를 보자 그가 웃는다

탁자에는 식은 커피가 상형문자처럼 놓여 있고

네 시간 동안 출입문만 쳐다보고 있었다는 그

이마에 흘러내린 머리칼을 쓸어 올리는 뭉툭한 손

스물두 살, 완성되지 않은 문장의 행간으로 사랑이 끼

어든다

   자꾸만 만져지는 호주머니 속 아버지 목소리

   꺼내어 저만치 밀쳐두고

   사랑, 그 따뜻한 철창 안에 나를 가둔다

어머니도 오늘의 나처럼
바닥에 떨어져 산산 조각난 언어를 쓸고 있었을 것이다

지독한 사랑

월요일 아침, 아들의 구두를 닦는다
앞날에 행여 흠집이라도 생길까 봐
할인하는 곳을 피해 사주었던 검정 구두
아픈 친구 이마에 손 얹어봐 줄 줄 알고
남의 말 가로막지 않고 들어줄 줄 아는
따뜻한 사람으로 사춘기 지나기를
잘못된 풍경에 눈 돌리지 말고
언저리에서 맴돌지 않기를
지상에서 가장 간절한 마음 담아
호호 입김 불어가며 구두를 닦는다

한쪽으로만 닳은 뒷굽
치열한 열일곱의 길이 보인다
아들의 사춘기가 구두 속에서 꿈을 꾼다

플라스틱 아일랜드

배가 불렀지. 그런데 똥이 나오지 않아. 똥을 싼 기억이 없어. 엄마는 자꾸 알맹이 없는 껍데기만 물어다 내 입에 넣어주며 꿀꺽 삼키라고 그래. 똥을 싸고 싶은데 똥이 나오지 않아.

섬이 떠다닌다. 북태평양 한가운데서 파도를 따라 이리저리 밀려다닌다. 인간들의 이기심이 플라스틱으로 된 섬 하나를 뚝딱 만들었다. 가라앉지 않는, 유령 같은, 자손 대대로 물려줘야 할 아픈 유산. 지도에도 없는 영원한 폐허. 바다 밑까지 검은 그림자가 드리우는 그곳에 앨버트로소가 뒤뚱거리며 내려앉는다.

엄마가 물어다 준 먹이는 콜라병뚜껑, 바비인형의 파란 눈, 햇빛에 쪼개지고 바람에 부서진 플라스틱 조각들뿐이었지. 언제나 배가 불렀지만 똥이 나오지 않았어. 이제야 고백하지만 사실 똥을 쌀 수가 없었어. 아마 엄마도 알았을 거야. 하지만 어쩔 수 없었겠지. 나는 배부른 채 굶어 죽었어. 엄마는 똥을 잘 싸는지 모르겠어.

가난한 그림자

안방 한쪽 구석에 놓인 오래된 철제금고 저 무거운 몸
의 속이 궁금하여 몇 날 며칠 불면의 밤을 보내고 그는
금고 무게에 비례한 수확을 기대하며 좌로, 우로, 다이
얼을 돌리고 또 돌리며 손가락 끝의 미세한 감각이 주파
수를 잘 맞춰 어느 찰나에 딸깍하고 몸의 문이 열리는
마술 같은 일이 일어나기를 바랐을 것이다

온종일 내리는 보슬비가
슬레이트 지붕을 타고 엇박자로 떨어진다
잠잠하던 멍멍이가 꼬리를 바짝 세워 뒤란을 향해 짖
는다
치밀하다는 건 들어올 때 나갈 구멍도 미리 탐색해두
어야 하는 것
단번에 뛰어넘지 못한 어설픈 욕심이 담벼락에 신발
자국 길게 찍어 놓고
절름거리는 걸음으로 어둑한 저녁을 향해 뛰어간다
그가 뛰어간 길 위로 미끄러져 내리는 어둠
가로등 불빛이 둥근 투망을 만들어 보슬비를 가둔다
뛰지 못한 그의 그림자가 위태롭다

민들레

볕이 들지 않는 돌 틈에 끼어
노랗게 빈혈을 앓는다
날아오를 꿈이라도 꾸는 걸까
짧은 봄볕을 기억하며
불임의 땅에서
긴 불면의 밤을 지새우며
한숨으로 시간을 말리고 피어났을
질긴 생명의 작은 몸짓
노랗게 웃는다
내 발길 붙잡아 놓고
작은 손 내밀어
사월의 푸른 안부를 묻는다

노란 꽃잎이 검은 잠을 끌어당긴다

봄에게 당하다

어디선가 그의 냄새가 난다

돌아보니

너도밤나무가 꽃을 피우고 있다

내 몸이 흠뻑 젖는다

3부

억지스런 욕심, 그 말간 정신

오래된 잠

다섯 송이의 메꽃이 피었다.
아버지의 부재를 알리는 검은 적막을 깨고
돌담을 딛고 야금야금 기어올라
초가지붕 위에 흘림체로 풀어놓는다
무게를 견디지 못한 바람벽이
움찔 다리를 절면
마당 가에 선 감나무도 키를 낮춘다
아버지의 귀가에서 나던 솔가지 타는 냄새
너덜너덜해진 문틈으로 새어 나오고
가쁜 숨을 몰아쉬던 수도꼭지
끄윽끄윽 울음을 뱉어낸다
산 그림자가 마당으로 내려서면
거미줄에 걸린 붉은 노을
점점 시력을 잃어가고
먼지 쌓인 잠을 쓱쓱 문질러 닦아내면
아버지의 오래된 시간이 푸석한 얼굴로 깨어난다
늙은 집이 메꽃을 피우고 있다

계절 밖의 계절

고모와 당숙까지 불러놓고, 어머니는 뒷산으로 자리를 옮겨 누우셨다. 두어 번 손님처럼 진눈깨비 뿌리더니 집에는 더 이상 아무도 찾아오지 않는다. 봄을 시샘하는 꽃샘바람도 반쯤 열린 대문을 그냥 지나간다. 허공에 던져놓은 어머니의 유언만 귓가를 맴돌고, 마루에 걸린 가족사진 속의 나는 키가 자라지 않는다. 술 취한 듯 비틀거리다 아무 곳에나 배를 깔고 널브러지는 어둠, 햇살마저 걸터앉지 않는 지루한 장마 같은 대청마루, 나는 고치 속 누에처럼 어머니 방에 누워 오래 앓았으나 아무도 방문을 열어보지 않는다.

봄은 지름길이 필요했던 모양이다.
뒤꼍 돌담이 와르르 무너져
어머니에게로 가는 길을 내놓았다.
뒷산이 온통 분홍이다.

식물성 슬픔

구두 닦아 마루 끝에 올려놓고
그녀가 손톱을 손질한다
뙤약볕 아래 감자알 키우던 손길 거두어
대나무 마디처럼 부풀어 오른 관절 달래가며
손톱 끝에 자란 먹구름을 잘라낸다
잘려나간 것들이 바닥을 튀어 오른다
오일장 날은 그녀가 외출하는 날
콧잔등에 걸린 안경 밀어 올리며
벌레 먹은 듯 뜯긴 파란색을 지우고
빨간색 매니큐어를 바른다
감자를 둥글리던 따사로운 햇살
방안으로 스며들어 발바닥을 간질여도
그늘처럼 고요히 앉아 정성을 들인다
입가에 감자꽃 같은 미소가 번진다

오늘따라 그녀의 단장이 길다

고향을 베끼다

연어의 사진을 본다. 거센 여울을 거슬러 오른다. 고향이라는 단어에서는 늘 비릿한 냄새가 난다. 20년 만에 찾아간 고향, 조심스레 고향이란 단어의 문을 열고 그녀는 국어사전 속에서 깊은 잠이 들었던 고향이란 단어의 먼지를 털어내고, 고향이란 단어에 새겨진 추억을 더듬으며 고향이란 단어의 냄새를 찾아 들어선다. 고향이라고 발음하면 머리에 소금 꽃을 피운 어머니가 맨발로 뛰어나와 볼을 비빈다. 그녀는 밤새도록 사전 속을 헤매다가 고향 페이지에서 잠이 든다. 어머니라는 단어를 데려다 놓고 그리움이란, 사랑이란, 바둑이와 감나무란 단어를 데려다 놓고, 미농지가 바람에 넘어갈 때처럼 슬며시 잠의 문턱을 넘다가 미농지처럼 잠이 든다. 메아리처럼 들려오는 어머니 목소리, 마당 가 감나무에 묶어놓은 삽살개가 짖어대는 고향이라는 낱말의 페이지에서 깨어나 사전을 덮는다. 사전 속에서 조용한 음성 들려온다. ―너는 나처럼 살지 마라, 나처럼.

가을 안부

수화기 저편에
갈잎처럼 말라가는 그녀가 있다
태엽 풀린 시계마냥
느슨해진 기억을 오물거린다
기억자로 굽은 등에 돌덩이보다 더 무거운
자식 걱정 짊어지고
난 괜찮다 괜찮다 하신다
쨍쨍하던 햇살은 빛을 잃어
가을 모퉁이에 기대선 그녀의 발끝에
노을로 내려앉는다
가둘 수 없는 시간은 문밖으로만 흘러
걸어 잠가도 덜컹거리는 덧문 사이로
또 한 계절이 빠져나간다
종일 떠돌다 잠잠해진 바람처럼
웃음소리 떠난 방안을 두리번거리다가
앉은 채 설핏설핏 잠이 든다는
그녀, 잠시 말이 없다

수화기 저편에

자신의 메마른 잎맥을 더듬고 있는
헐거운 그녀의 잠

귀뚜라미 울음소리가 뜨거워지는 시간
잠들지 못하는 그녀의 밤이 푸석하다

데칼코마니

식구들 몰래 이사를 오신 어머니
언제부턴가 내 방 거울 속에 숨어 산다
반지르한 당신 집 놔두고
항상 딴죽 걸던 내게 와서 얹혀산다
남편을 기다리는 늦은 시간이나
밀린 대출금 이자를 걱정하는 날에도
마흔 넘긴 자식을 걱정스레 보고 있다
오늘은 외출을 하는 모양이다
밝은 바이올렛 빛 파우더를 바르고
핑크색 립스틱으로 정성스레 입술을 그린다
장롱 깊숙이 걸어둔 옷을 꺼내 입고서
요리조리 뒤태까지 신경을 쓴다
작은딸 담임선생님 뵈러 학교에 간단다
노란색 프리지어 꽃다발을 주문하고
콧노래를 흥얼거린다
어머니, 멀뚱히 나를 쳐다본다

거울 속에는 어머니를 닮은 내가 세 들어 산다

시간의 해부학

암 병동 843호실에 누워계신 아버지
떡갈나무에 매달린 매미의 허물 같다
창밖의 하늘은 저리도 푸른데

의사는 낮은 목소리로 말한다 아버지의 길을 따라가
보지 않겠느냐고 가난한 집안의 장남으로 태어난 아버
지의 길은 22번 국도에서 시작된다 한 여자를 만나고 생
강꽃처럼 환한 다섯 아이의 웃음이 길섶에서 뛰어논다
제한 속도가 없는 39번 고속도로 누구도 제동을 걸지 않
는다 부지런히 달려온 보상으로 통장 몇 개를 가졌다 52
번 고속도로에서 아이들은 하나씩 톨게이트를 빠져나간
다 아버지의 걸음이 느려진다 눈꺼풀이 가라앉고 출출
해진다 67번 국도, 부릅뜬 빨간 신호등에 걸려 있던 가
을이 아버지를 마중 나온다 몸 한켠에 박혀 있던 까만
돌덩이가 길을 막아선다

아버지는 병실 바닥을 구르는 시간을 헤아리고
링거액이 지나간 몸속 길에 어둠이 내려앉는다

말년 씨

딸만 내리 여덟 낳고 쉰에 아들 하나 얻어
옥이야 금이야 키워 멀리 유학 보냈더니
한 줌 뼛가루 되어 돌아왔다
낮은 담장 아래 공벌레처럼 웅크리고 있다가
라일락꽃그늘에 앉아 웅얼거리는 날 늘더니
말년이 좋아야 인생을 잘 산 거라고
입버릇처럼 말하던 말년 씨의 말년이
서둘러 깜깜해졌다
낮은 대문에 못질을 한다

식구

그녀의 가슴에 붉은 점이 다섯 개 있다

스물둘에 하나 생기더니

삼 년이 지나 두 개가 되고

서른이 되었을 때

점은 다섯 개로 늘어났다

바람 잘 날 없다

구름빵을 기억해

그녀가 가만히 나를 쳐다봅니다
호기심 가득한 눈빛입니다
호수와 같다던 누군가의 말이 생각납니다
돌을 던져보지만 도무지 파문이 일지 않습니다
무럭무럭 자라던 기억이 사라졌나 봅니다
지난 인연에 대한 예의 같은 건
어쩌면 나의 억지스런 욕심이었는지도 모르겠습니다
그녀의 머릿속 지우개는 성능이 참 좋은가 봅니다
지워버린 기억을 되돌리지 못하는
그녀가, 나를 가만히 쳐다봅니다

내 손에 들려있던 봉지에 그녀의 눈이 얹힙니다
노릇노릇한 구름빵을 꺼내놓자 코를 벙싯거립니다
앙꼬도 없는 빵을 참 좋아했습니다
다디단 커피랑 같이 먹으며 행복했지요
손으로 뜯어 마구마구 먹습니다
한 번 먹어보라는 말도 하지 않습니다
그래도 좋아하던 것 하나쯤 잊지 않고 있다는 게 다행
입니다

입가에 묻은 부스러기를 닦아주는데 누구냐고 묻습니다

아무래도 그녀에게 나는 잡히지 않는 구름이 되었나 봅니다

하지만 언제가 한 번은

말간 정신으로 내 이름을 기억해 줄 것입니다

그녀에게 나는 언제나 아픈 손가락이었거든요

예약된 약속

지리산 능선을 따라 오르다 보면
중턱쯤에 세 평 남짓한 작은 집이 있습니다
생전에 당신이 살고 싶다며
십 년 전에 둥지를 튼 곳

쉰여덟 인생 짚신으로 갈아 신고
안개비 내리던 날
당신은 지리산 지킴이 되었습니다

떡갈나무에 앉았던 가을이 떨어집니다
발밑에선 당신 목소리 납작 달라붙어
나를 붙잡지만, 이제 가야 합니다
멀지 않은 곳에 당신을 두고
자주 오겠다던 약속은 점점 멀어지지만
내년 이맘때 다시 오겠습니다

봄밤

오늘은 당신이 천상으로 주소를 옮겨간 날
창가로 어둠이 고물고물 몰려오면
손마다 술병 하나씩 들고 자손들 모여든다.
밥보다 술을 더 좋아했던 당신
오늘은 여한 없이 드시라고
여덟 살 손자까지 술을 따른다.
밤이 이슥하도록 술상은 끝나지 않고
어린 것들은 꾸벅이다가 아무 데서나 곯아떨어진다.
이 시간쯤 되면 당신 셋째가 술기운 빌려
삼십 년도 더 된 묵은 이야기를 시작한다.
주저앉은 꿈이 긴 탄식으로 내려앉는 밤
비어가는 술병만큼 그녀의 넋두리가 길어진다.
밤하늘은 당신이 돌아갈 길을 마련하느라
분주히 별빛을 모두고, 음력 이월 스무닷새
겨울의 잔설이 남아있는 봄밤이 깊어 가면
끝날 것 같지 않던 그녀의 설움도 온순해진다.

나뒹구는 술병을 집다가 마주친
사진 속 당신 눈가가 젖어있다.

빈 둥지

현관문을 열고 들어선다
식은 밥 한 덩이 된장국에 말아놓고
넓은 거실에 고요히 앉아 콩을 고르던 어머니
늘어진 런닝구 겨드랑이 사이로 젖가슴이 보인다
모래알 같은 밥알을 목구멍으로 밀어 넣으며
외로움에 체해 날마다 앓았을 어머니
벌떡 일어나 내 손을 잡아끈다
콩이 꼬투리를 빠져나가듯 오 남매가 떠나고
남편마저 저세상으로 가버린 헐렁한 집
빈 깡통 같은 적막이 발길에 차인다

외로움은 상처 없는 무서운 폭행

암흑 같은 시간 속에 갇혀 있던
어머니의 외로운 마음에 별이 뜬다

내일은 비

밤새 잠을 설친 어머니가
무릎에 파스를 붙인다

맑은 하늘에 구름이 모여든다

발칙한 상상

하나 둘 셋
유모차가 줄 지어 간다
(내가 상상하는 그것?)

넷 다섯 여섯
담벼락 아래 줄 맞춰 세워 놓았다
(내가 상상하는 그것?)

담벼락 안 텃밭에 미처 뽑지 못한 무가
보라색 꽃밭을 만들어 놓았다
(내가 상상하는 그것?)

저기 저쪽
봄볕 같은 자글자글한 웃음소리 들린다
(내가 상상하는 그것?)

들여다본 거기
  자매지간인 순자 아지매와 순영 아지매, 동천에서 시
집온 멋쟁이 필숙 아지매, 쌍둥이 엄마 우영 아지매, 먼

친척뻘 되는 미자 아지매와 내 어머니 숙희 여사의 수다
스런 하루가 중천에 떠 있는 태양처럼 따습게 정오를 지
나고 있다
　(내가 상상하던 건 이게 아닌데.)

　흙벽 긁듯 몸속 긁어대는 울음을 꺼내지 못해
　고양이의 부풀린 등처럼 다리가 휘어진 그녀들
　통증을 견디는 날이 늘어날수록
　키가 줄었다
　(나의 엉뚱한 상상은 여기서 끝났다.)

　넷 다섯 여섯
　봄바람 가득 태운 유모차를 밀고
　오래된 흑백사진 같은 골목으로 들어간다
　그녀들의 뒤태가 둥글다
　(유모차에는 아기가 없다.)

거짓말

부자로 살던 박 씨가 죽었다

그의 젊은 아내는
혼자서 어떻게 사냐며
저도 데려가라며 소리 내어
슬피 운다

손가락질도
뒷담화도
상관없다는 듯

봄볕 받아먹듯
따박따박 끼니를 챙겨 먹는다

물렁물렁한 뼈

아버지가 냉장고에서 아이스크림을 꺼내
유리그릇에 담는다
바닐라 초코 딸기 맛의 아이스크림
푹푹 떠서 그릇 가득 담아
전자레인지에 넣는다
ㅡ아버지, 아이스크림을 왜 전자레인지에 넣으세요
ㅡ이가 시려 데워서 먹을란다
단단했던 철골이 부식되듯
아버지 치아에도 바람이 들었다

반쯤 녹아 흐물흐물해진 아이스크림을
수저로 떠먹는다
고개를 젖히고 가라앉은 것까지 싹싹 긁어 마신다
아버지 입가에 달달한 웃음이 번진다

해설

밟고 올라온 계단에 새겨진 비의悲意의 문장들

정 찬 일(시인)

시詩는 표현적인 면에서 여타의 다른 문학 갈래와 다른 독특한 특징을 가진다. 소설처럼 구체적인 사건을 통해 주제를 전달하지도 않으며, 수필처럼 메시지 전달적인 진술로 정서나 주제를 직접 전달하지도 않는다. 시는 구체적인 시적 대상이나 상황을 형상화함으로써 정서와 의미를 전달한다. 그래서 흔히 시의 언어는 존재의 언어, 형상의 언어를 지향한다고 말한다.

시인은 다양한 시적 화자를 통해 자신의 정서와 의미를 직간접적으로 전달한다. 따라서 시에는 대개 시인의 원형적 체험뿐만 아니라 타자와는 구별되는 실존적 자아가 의도적으로 혹은 무의식적으로 개입되기 마련이다. 즉 한 시인의 역사는 그가 생산한 시의 역사와 궤를 같이한다고 말할 수 있다. 이런 의미에서 한 시인의 시에서 그 시인의 원형적 체험이나 실존적 자아를 알게 되면 시는 좀 더 구체적으로 제 몸을 스스로 열어 보이기 시작한다. 왜냐하면, 시의 밑바닥에 화자가 아니라 시인 자신이 웅크리고 있기 때문이다.

'나'의 원형

이민화의 첫 시집 『오래된 잠』에는 이상하리만치 '화자'가 시적 중심이 된 시를 발견하기가 어렵다. 물론 화자인 '나'가 시의 표면에 나타나는 시는 많이 발견되지만, 그때의 '나'는 이미 중심에서 밀려난 '나'이며, 다른 시적 대상에 슬쩍 끼어든 '나'이고 파편화된 '나'이다.

비교적 화자인 '나'의 모습이 온전하면서도 다층적으로 표출된 다음의 시를 먼저 살펴보자.

> 돌아가고 싶지 않지만 한 번은 돌아가야 해
> 눈을 뜨고 있어도 자주 휘청거려
> 우물에 빠질 뻔한 꿈을 꾸었어
> 매일 반복되는 꿈이 진절머리가 나
>
> 우물에는 해도 달도 뜨지 않았다 둥근 우물 안 중간쯤에는 촘촘히 쌓은 돌담 사이에서 개고사리가 사시사철 푸르게 자랐다 어둠을 흔들며 한참을 내려가야 두레박이 닿는 물의 표면이 전해졌다 어떤 날은 우물 안으로 두레박을 던

져버리곤 했다 하지만 어둠을 삼킨 물은 한 방울도 튀어
오르지 않았다 그럴수록 우물 안이 더욱 궁금했다

　네가 사는 어항은 투명해서 재미가 없어
　비밀 없이 산다는 건 슬픈 일이야
　그곳에서 탈출하고 싶지 않니
　그네를 태워줄게
　어둠은 금방 익숙해지지

　비밀을 은폐하기에는 새벽이 딱이야 우물 안에서 모락모
락 김이 올라오고 있지만 그것에 신경 따위를 쓸 필요는
없어 슬픔은 잠깐이야 두레박에 올라앉아 잠시만 눈을 감
고 있어 열까지 세고 나면 너는 자유를 얻게 될 거야 조금
흔들리더라도 참아야 해 어둠의 깊이를 알고 나면 몸이 뚱
뚱해질 거야

　나는 한 번도 우물물을 길어 올린 적이 없어
　　　　　　　　　　　　　　—「우물 속엔 금붕어가 산다」 전문

　위 시에는 세 개의 이질적인 공간이 존재한다. 첫 번
째 공간은 화자인 '나'를 둘러싸고 있는 공간이다. 이 공
간은 눈을 뜨고 있어도 자주 휘청거리고, 우물에 빠질
뻔한 꿈을 꾸는 공간이다. 두 번째 공간은 '네'가 사는
'어항'이다. 이 공간은 너무 '투명해서' 비밀이 없고 탈출
하고 싶은 곳이다. 세 번째 공간인 '우물'은 '나'가 지향하

는 어두운 장소이다. 나가 "돌아가고 싶지 않지만 한 번은 돌아가야" 하는 운명적인 장소이면서 화자인 '나'가 어항 속의 '네'를 보내주고 싶은 장소이다.

그런데 이 시에서 어항 속에 갇혀있는 '네'는 또 다른 '나'로 읽힌다. 따라서 '나'와 '네'는 같은 의미이면서 그들을 둘러싸고 있는 공간 역시 동일한 의미를 갖는다. 즉 이 시는 화자인 '나'가 또 다른 '나'에게 말하는 형식을 갖는다고 볼 수 있다.

하지만 '나'가 지향하거나 '네'를 데리고 가고 싶은 '우물'과 그 우물 안에 사는 '금붕어'는 앞서 살펴본 공간, 존재와는 또 다른 의미를 갖는다. 즉 '우물'과 우물 안에 사는 '금붕어'의 존재는 현실과 동떨어진 과거의 공간이며 과거의 존재이다. 하지만 그 과거의 존재는 현재에 꾸준히 영향을 미치는 공간이며 존재이기도 하다. 그런데 화자인 '나'가 가고 싶은 곳은 "해도 달도 뜨지 않"는 곳이며, "어둠을 흔들며 한참을 내려가야" 하는 곳임을 알 때 당황스러워진다. 화자는 왜 그곳으로 가고 싶어 하는 것일까?

'우물'은 '나'에게 원형적 체험의 공간이며, '금붕어'는 원형적 체험의 공간에 여전히 갇혀 있는 '과거의 나'이며, '고립된 자아'로 읽힌다.

"돌아가고 싶지 않지만 한 번은 돌아가야" 하는, 반드시 돌아가야만 하는 원형적 체험의 공간. 그곳에 가지 않는 '나'는 여전히 고립된 자아, 파편화된 자아로 떠돌 수밖에 없는 운명에 사로잡힌다.

　　담벼락에 기대어 가웃가웃 졸고 있는 햇살. 그녀가 캔버
스에 하얗게 피워놓은 목련꽃, 봄.
　　목련꽃 한 송이가 다 피는 걸 보고서야 벤치에서 일어난
다.

　　돌아보지 않는다.
　　그녀의 손이 어깨를 지그시 누르지만
　　돌아보지 않는다.
　　그녀의 목소리가 목덜미에 앉지만

　　압력밥솥에 밥이 까맣게 탔다. 식구들의 저녁을 다 태우
고도 나는 태연하고, 제 몸을 까맣게 태운 저 밥알도 시치
미 뚝 떼고 있다. 이제 목련은 다시 피지 않을 것이다.

　　돌아볼 수가 없다.
　　그녀의 발걸음 소리가 세상에 없는 내 계절에서 큼직큼
직 멀어지고 있다.
　　　　　　　　　　　　　　　　　　　　—「없는 계절」 전문

　이 시의 "담벼락에 기대어 가웃가웃 졸고 있는 햇살.
그녀가 캔버스에 하얗게 피워놓은 목련꽃, 봄."이라는
구절에서 '그녀'는 화자 자신인 '나'의 또 다른 모습이다.
이 시에서도 「우물 속엔 금붕어가 산다」처럼 파편화된

자아와 이질적인 공간이 동시에 존재한다. 캔버스에 목련을 그리는 '그녀'와 그런 그녀를 바라보는 '나', 그리고 '캔버스 안'의 공간과 '캔버스 밖'의 공간이 그것이다. 캔버스 밖의 '나'는 캔버스에 핀 한 송이의 목련꽃을 들여다보지만 그 목련꽃은 '나'에게 아무런 영향을 미치지 못하고 느낄 수 없는 그림 속의 꽃일 뿐이다. 또 다른 나인 '그녀'의 손이 '나'의 "어깨를 지그시 누르고" '나'의 목덜미에 "그녀의 목소리가 앉지만" 나는 돌아서지 않는다. 아니, "돌아볼 수가 없다." '나'와 '그녀'는 여전히 분열되고 파편화된 채 존재한다. "압력밥솥에 밥이 까맣게" 타고, "식구들의 저녁을 다 태우고도 나는 태연"한 것은 파편화된 자아에서 오는 현상들이다. 한 인격 안에 분열된 자아와 공간이 존재하는 이유는 무엇일까. 다음 시를 보자.

　　누군가 자꾸만 나를 깨워. 나를 불러내. 반쯤 열어둔 창문으로 뛰어내렸어. 초경만큼이나 비릿하고 끈적끈적한, 징징거리는 어머니의 잔소리. 헛바람만 뱃속에 가득 채워 끅끅대는 불온한 열여덟. 불 꺼진 어머니의 방문을 잠가버리고 미친 듯이 웃었어.

　　밤새 눈이 내렸어. 사라진 길 위에 추위보다 더 무서운 내 그림자만 서 있었어. 담장 위의 고양이가 내 꿈을 먹어치웠어. 짐승 같은 무거운 그림자를 끌고 마당에 들어섰

어. 앵두보다 더 예쁜 어머니의 입술 사이로 빨간 욕설이
쏟아졌어. 나는 귀를 막아 버렸어.

거부할 수 없는 독한 바람이 나를 불러내곤 해.
— 「사춘기」 전문

이민화의 시집 『오래된 잠』에서 가장 빈번히 등장하는
시어는 '어머니'이다. 「사춘기」에서 '어머니'라는 존재는
부정적인 존재로 나타난다. 어머니는 어떤 존재일까.
"초경만큼이나 비릿하고 끈적끈적한, 징징거리는 어머
니의 잔소리./ 불 꺼진 어머니의 방문을 잠가 버리고 미
친 듯이 웃었어." "앵두보다 더 예쁜 어머니의 입술 사이
로 빨간 욕설이 쏟아졌어. 나는 귀를 닫아 버렸어." 이렇
게 사춘기에 등장하는 어머니는 부정적인 이미지이다.
이러한 관점은 여타의 시에서도 일관되게 나타난다.

식구들 몰래 이사를 오신 어머니
언제부턴가 내 방 거울 속에 숨어 산다
반지르한 당신 집 놔두고
항상 딴죽 걸던 내게 와서 얹혀산다
— 「데칼코마니」 부분

밤새 잠을 설친 어머니가
무릎에 파스를 붙인다

맑은 하늘에 구름이 모여든다

―「내일은 비」전문

배가 불렀지. 그런데 똥이 나오지 않아. 똥을 싼 기억이 없어. 엄마는 자꾸 알맹이 없는 껍데기만 물어다 내 입에 넣어주며 꿀꺽 삼키라고 그래. 똥을 싸고 싶은데 똥이 나오지 않아.

섬이 떠다닌다. 북태평양 한가운데서 파도를 따라 이리저리 밀려다닌다. 인간들의 이기심이 플라스틱으로 된 섬 하나를 뚝딱 만들었다. 가라앉지 않는, 유령 같은, 자손 대대로 물려줘야 할 아픈 유산. 지도에도 없는 영원한 폐허. 바다 밑까지 검은 그림자가 드리우는 그곳에 앨버트로스가 뒤뚱거리며 내려앉는다.

엄마가 물어다 준 먹이는 콜라병뚜껑, 바비인형의 파란 눈, 햇빛에 쪼개지고 바람에 부서진 플라스틱 조각들뿐이었지. 언제나 배가 불렀지만 똥이 나오지 않았어. 이제야 고백하지만 사실 똥을 쌀 수가 없었어. 아마 엄마도 알았을 거야. 하지만 어쩔 수 없었겠지. 나는 배부른 채 굶어 죽었어. 엄마는 똥을 잘 싸는지 모르겠어.

―「플라스틱 아일랜드」전문

「데칼코마니」에서 어머니는 "내 방 거울 속에 숨어" 살며 "항상 딴죽 걸던" 존재이다. 또한 "밤새 잠을 설친 어

85

머니가 무릎에 파스를 붙"이는 장면을 목격한 화자의 시선도 역시 부정적이다. 파스를 붙인 어머니의 무릎에 약의 효과가 긍정적으로 나타나기보다는 오히려 "맑은 하늘에 구름이 모여든다"라고 인식하기 때문이다. 「플라스틱 아일랜드」의 2연만 보면 이 시는 바다 위를 떠다니는 쓰레기들이 뭉쳐 섬이 되는 환경 문제에 관해서 얘기하는 것으로 보인다. 하지만 이 시에서 '플라스틱 아일랜드'는 화자가 생각하는 '어머니'에 대한 비유이면서, '어머니' 또한 '플라스틱 아일랜드'의 비유이다. 이 시에 있어서 원관념과 보조관념은 그리 중요하지 않다. 비유란 유사성과 관련성에 의존하여 성립하는 것이기 때문에 '플라스틱 아일랜드 = 어머니'로 보아도 무방하다. 그럼 이민화의 시에서 운명처럼 따라다니는 어머니란 어떤 존재인가? "알맹이 없는 껍데기만 물어다 내 입에 넣어주며 꿀꺽 삼키라"는 존재이다. 껍데기는 "콜라병뚜껑, 바비인형의 파란 눈, 햇빛에 쪼개지고 바람에 부서진 플라스틱 조각 들뿐"이다.

따라서 이민화의 시에서 화자 중심적인 시에 나타나는 '나'의 이미지는 "배가 불렀지. 그런데 똥이 나오지 않아. 똥을 싼 기억이 없"는 존재이다. 이러한 자아 인식은 타자 중심적인 시에서도 나타난다. '나'는 언제까지 "세상에 없는 내 계절에서 큼직큼직 멀어지"는(「없는 계절」) 존재여야만 할까?

샤방샤방한 여자로 살고 싶었으나
버드나무 가지처럼 축축 늘어지던 가난,
술에 취해야만 잠들 수 있었다
손에 물마를 날 없이 살았지만
볕이 들지 않은 삶은 체납고지서만 날라왔다
세상은 그녀에게 온전히 무정부無政府였다

언제쯤 팍팍한 삶을 젖은 머리 말리듯
탈탈 털고 일어날 수 있을까
몇 잎의 계절은 또 관심 없는 표정으로 지나갈 것이다

　　　　　　　　　　　　　　　　　　　　　—「류柳」부분

시 「류柳」는 버드나무의 이미지와 함께 막다른 골목에
도달한 '여자'의 삶을 객관적으로 진술한다. 하지만 2연
에서의 진술은 '여자'라는 객관적 상관물에 화자 자신의
감정이 이입되어 나타난다. 이민화의 시에서 운명처럼
'나'를 따라다니는 어머니의 이미지를 "언제쯤 팍팍한 삶
을 젖은 머리 말리듯/ 탈탈 털고 일어날 수 있을까"? 여
전히 "몇 잎의 계절은 또 관심 없는 표정으로 지나"가야
만 하는 것일까?

잠, 그 경계에 서 있는 '나'

'잠'은 의식 활동이 쉬는 상태 혹은 아직 각성하지 못

한 상태를 비유적으로 이르는 말이다. 하지만 이민화의 시에 있어서 '잠'은 이와는 다른 또 다른 의미를 갖는다.

「소묘」에서 화자는 사내의 잠에서 "고단한 냄새가 난다."라고 말한다. 「음지가 음지를 키운다」에서 잠은 축축하며 의식이 가라앉는 상태이며, '죽을힘'을 다해 빠져나와야 할 곳이다. 「오래된 잠」에서의 잠은 먼지가 쌓인 잠이며, 그 먼지를 문질러 닦아내야만 "아버지의 오래된 시간이 푸석한 얼굴로 깨어난다". 단편적으로 나타나던 '잠'의 의미가 제 모습을 드러낸 것은 다음 시에서이다.

    나이 들면서 무릎 꿇는 날이 많아지네

    질끈 눈감아 버리면 잊힐 줄 알았네 덮을 수 있으리라 생각했던 미련들 용감하지 못했네 내 잠까지 열고 들어오는 말이 시가 되지 못하네 차마 등 돌리지 못하네 험한 길에 내려놓고도 집을 비울 수가 없네 첫눈은 내리고 술 취한 노래가 내 멱살을 움켜잡네 삐죽삐죽 튀어나온 말들은 저들끼리 싸우고 줄 맞춰 서지 못한 문장은 뿌리를 내리지 못하네 손닿지 않는 곳에서 뚱뚱해지는 꿈 편안히 누울 수 없는 잠이 뒤척이네 불 꺼진 가로등에 기대어 꾸벅대는 말들 눅눅한 신발 속에서 잠은 동그랗게 눈을 뜨네 집을 비울 수가 없네 불면이 촉수를 세우네 어둠은 와작와작 시간을 갉아먹고 거리에는 맛있는 캐럴이 깜빡거리네 전봇대를 기어오른 불안이 손을 흔드네 길에 세워둔 말들이 집안을 기웃거리네 누군가 내 잠속을 걸어 나오네

말이었네

—「시시한 기도」 전문

　한 편의 메타시로 읽힐 수 있는 「시시한 기도」에 '말'이란 시어가 다섯 번이나 반복된다. 하이데거가 '언어는 존재의 집'이라 말한 것처럼 여기서 '말'은 화자인 '나'의 본래적 존재양식으로 읽힌다. '나'는 "질끈 눈 감아 버리면 잊힐 줄 알았네 덮을 수 있으리라 생각했던 미련들 용감하지 못했네 내 잠까지 열고 들어오는 말이 시가 되지 못하네"라고 고백한다. 시 「푸른 상처」에서 "나는 검은 봉지 속 세상을 알지 못한다/ 아니 알면서도 그냥 내버려 두었다/ 하지만 그 속에서 나는 초록의 독이 오르고/ 다시 초록의 싹이 돋고/ 꿈을 꿀 것이다"라고 꿈을 꾸었지만, 그 꿈은 쉽게 '나'를 찾아오지 않는다. '나'의 본래적 존재양식인 '말'은 여전히 "저들끼리 싸우고 줄 맞춰서지 못한 문장은 뿌리를 내리지 못"한다. 하지만 화자는 "누군가 내 잠속을 걸어 나오네 말이었네"라고 고백한다. '잠'은 앞에서 언급한 대로 '나'에 있어서 부정적인 이미지이며, "돌아가고 싶지 않지만 한 번은 돌아가야" 하는, 반드시 돌아가야만 하는 원형적 체험의 공간과 같은 의미를 가진다. 따라서 잠에서 빠져나온다는 의미는 '나'의 본래적 존재양식인 '말'을 회복한다는 뜻이며, 파편화된 자아로 떠돌 수밖에 없는 운명에서 풀려나는 것을 뜻한다. 이민화는 이러한 인식을 시 「시시한 기도」를 통해 드러낸다. 그런데 화자는 왜 이런 인식의 끝에 다다른 것일까? 다음 시를 살펴보자.

연어의 사진을 본다. 거센 여울을 거슬러 오른다. 고향이라는 단어에서는 늘 비릿한 냄새가 난다. 20년 만에 찾아간 고향, 조심스레 고향이란 단어의 문을 열고 그녀는 국어사전 속에서 깊은 잠이 들었던 고향이란 단어의 먼지를 털어내고, 고향이란 단어에 새겨진 추억을 더듬으며 고향이란 단어의 냄새를 찾아 들어선다. 고향이라고 발음하면 머리에 소금 꽃을 피운 어머니가 맨발로 뛰어나와 볼을 비빈다. 그녀는 밤새도록 사전 속을 헤매다가 고향 페이지에서 잠이 든다. 어머니라는 단어를 데려다 놓고 그리움이란, 사랑이란, 바둑이와 감나무란 단어를 데려다 놓고, 미농지가 바람에 넘어갈 때처럼 슬며시 잠의 문턱을 넘다가 미농지처럼 잠이 든다. 메아리처럼 들려오는 어머니 목소리, 마당 가 감나무에 묶어놓은 삽살개가 짖어대는 고향이라는 낱말의 페이지에서 깨어나 사전을 덮는다. 사전 속에서 조용한 음성 들려온다. ─너는 나처럼 살지 마라, 나처럼.

─「고향을 베끼다」 전문

연어를 생각하면 제일 먼저 떠오르는 단어가 '모천회귀母川回歸'이다. "연어의 사진을 본다. 거센 여울을 거슬러 오른다."라는 문장만 보면 이 시의 시적 상황은 화자가 거센 여울을 거슬러 오르는 한 장의 사진으로부터 시적 이미지들을 확장한 것처럼 보이지만, 사실은 고향을 찾아간 자신에게서 모천으로 회귀하는 연어의 모습을 떠올린 것으로 보인다. 20년 만에 찾아간 '고향'은 사춘기의 나를 깨워 불러내던 곳이며, 초경만큼이나 비릿하고 끈적끈적하고 징징거리는 어머니의 잔소리와 불 꺼진 어머니의 방문을 잠가 버리고 미친 듯이 웃었던 곳이다. 앵두보다 더 예쁜 어머니의 입술 사이로 빨간 욕설이 쏟아졌던 곳이다(「사춘기」). 한 번도 우물물을 길어 올린 적이 없어(「우물 속엔 금붕어가 산다」) 한 번은 우물물을 길어 올려야 할 원형적 체험의 공간이다. 돌아가고 싶지만 한 번은 돌아가야 할 그 공간에 화자는 돌아온 것이다. 화자는 고향에서 "깊은 잠이 들었던 고향이란 단어의 먼지를 털어내고, 고향이란 단어에 새겨진 추억을 더듬으며 고향이란 단어의 냄새를 찾"는다. 모천을 회귀한 그곳에서 화자는 "어머니라는 단어를 데려다 놓고 그리움이란, 사랑이란, 바둑이와 감나무란 단어를 데려다 놓고, 미농지가 바람에 넘어갈 때처럼 슬며시 잠의 문턱을 넘다가 미농지처럼 잠이 든다." 그리고 "조용한 음성"을 듣는다. "너는 나처럼 살지 마라, 나처럼." 어머니의 음성인 것이다. 이 음성은 중의적 표현으로 읽힌다. 곧 화자인 나와 화해하고자 하는 어머니의 의도가 담긴 말일수도 있으며, 어머니와 같은 삶을 살지 않겠다는 화자의 의도가 담긴 말일 수도 있다. 어떤 의미이든지 상관없다. 중요한 것은 '나'가 상처를 입었던 그 원형적 체험의

공간에 찾아온 것이 중요하고, 그 공간 속에서 '어머니'
와 만난 것이 중요하기 때문이다. 이중 삼중으로 파편화
되었던 공간과 '나'가 하나의 공간, 하나의 '나'로 만난다
는 것이 무엇보다 중요하기 때문이다. 이후 이민화의 시
는 다른 양상을 띤다.

현관문을 열고 들어선다
식은 밥 한 덩이 된장국에 말아놓고
넓은 거실에 고요히 앉아 콩을 고르던 어머니
늘어진 런닝구 겨드랑이 사이로 젖가슴이 보인다
모래알 같은 밥알을 목구멍으로 밀어 넣으며
외로움에 체해 날마다 앓았을 어머니
벌떡 일어나 내 손을 잡아끈다
콩이 꼬투리를 빠져나가듯 오 남매가 떠나고
남편마저 저세상으로 가버린 헐렁한 집
빈 깡통 같은 적막이 발길에 차인다

외로움은 상처 없는 무서운 폭행

암흑 같은 시간 속에 갇혀 있던
어머니의 외로운 마음에 별이 뜬다
　　　　　　　　　　　　　　 ―「빈 둥지」 전문

뭉근한 봄볕이 내리는 오후, 그녀를 만나러 간다. 구불
텅한 마을길을 돌아, 선사先史의 유적을 재현해 놓은 미니

어처로 가득한 집. 그곳에서 그녀는 문헌에 기록되어있지 않은 선사시대를 마치 살아본 것처럼 들려준다. 수평선 같은 잔잔한 말씨와 물안개 같은 부드러운 미소를 가진 그녀.

영심이라는 이름과 고향이라는 단어 사이에는 왠지 징검다리가 놓여있을 것 같다. 지치고 힘들 때 언제든 편하게 찾아갈 수 있는 연결고리가 되어 줄 것 같다.

산 그림자가 마당을 덮는 저물녘, 빨갛게 핀 명자꽃 옆에서 지는 해를 빗금으로 받고 선 그녀의 한쪽 뺨이 붉다. 선사유적지에 가면 고향 같은 그녀가 있다.

—「영심이 언니」 전문

이민화 시인이 밟고 올라온 계단에 새겨진 비의悲意의 문장들이 이제 막 잠에서 깨어났다. 앞으로 수많은 메꽃이 피어날 것이다

이민화 시인은 시집『오래된 잠』에서 화자 자신을 시적 대상으로 하는 시에서 '나'에 대해 성급하게 말하거나, 우리의 일상을 뒤흔들며 폭력적으로 다가오는 낯선 이미지들로 덧칠하지 않고 신중하고 신중하게 한 발 한 발 다가서는 것을 확인할 수 있다. 그리고 '나'의 꿈이 여타 시인들의 꿈처럼 '현실 → 미래'라는 방향성을 갖지 않고, '현실 → 과거'라는 방향성을 갖는다는 것도 확인할 수 있다. 이러한 역행의 방향성을 갖는 것은 그만큼 이

민화 시인이 '자신'에 대해서 더 엄격하고, 단단하게 다가간다는 것을 의미한다. '나'라는 존재의 의미는 어느 방향을 지향한다기보다는 깊이를 지향하기 때문이다.